El Reino de Ohslo

El Reino de Ohslo

D.L.R.Tuzzi

Published by D.L.R.Tuzzi, 2023.

EL REINO DE OHSLO

First edition. September 14, 2023.

Copyright © 2023 D.L.R.Tuzzi.

ISBN: 979-8223361626

Written by D.L.R.Tuzzi.

Tabla de Contenido

Agradecimientos

Quiero agradecer a mis padres por apoyar mi arte, por estar siempre a mi lado. También agradecer a todos los que hicieron posible que pueda volver a enamorarme de la escritura.

Dario Leandro Rey Tuzzi

Dedicatoria especial

"a mi amigo Jesús Martínez, quien hizo posible que El reino de Ohslo pudiera existir. Gracias por formar parte mi vida mi Amigo del alma"

INTRODUCCIÓN

William Wood era un niño muy pobre que vivía con sus abuelos. Sus días eran maravillosos, con su abuelo jugaban casi todo el tiempo a los dados, el ajedrez y otros tantos juegos más. Willam vivía feliz los mejores días de su niñez. Pero, sucedió que cuando su abuelo se fue a trabajar a las montañas mineras, William quedó sin su mentor, sin su admirador, sin su mejor amigo, padre y compañero de aventuras.

-¿Cuando volverás abuelo? -

- Cuando vuelva William. ¡Y recuerda, mientras las reglas se respeten, todo saldrá bien! - Pero, aunque William las respetara al pie de la letra, un día las reglas fallaron. Llevaban ya un año sin saber de su abuelo. Ni una carta, ni un llamado, nada de él. William entró una tarde a casa luego de jugar con su perro sultán con la triste mirada de todos los días. Pero esa vez, una desagradable sorpresa acarició su mundo con la mano negra de la oscuridad. Su abuela, no había despertado de su siesta. El pequeño William tuvo la sensación de caer al vacío, como a un precipicio sin fondo. Luego de la muerte de su abuela, William fue a parar a un orfanato y su sueño murió aquella tarde con su abuela. Sólo de recuerdos se alimentaba, recuerdos de su abuelo.

"¿Cómo será el Reino de Ohslo abuelo?

Pues será enorme. Habrá mucha gente, y restaurantes, juegos divertidos y un gran castillo. Habrá un héroe que será capaz de realizar todas las proezas para encontrar al gran rey.

Y ¿cómo es el nombre del héroe?

Pues... ¿William?

Que tal ¿JJ?

¿Por qué JJ?

Por Juego Justo
Me gusta ese nombre William
Y ¿que más habrá en el reino abuelo?
Y... tendremos un perro.
¡Un perro! Si, ¿y cómo lo llamaremos?"

-¡Sultán!, me aburre el hecho de ver todos los días la misma e incansable imagen. Soy un hombre de elevación y como tal, exijo que busques la forma de acabar con mi aburrimiento - dijo el amo.

Lo que a Sultán se le ocurrió fue un juego de mesa de 32 piezas que luchaban en un tablero cuadriculado con reglas que seguir. Finalmente, después de intentar vencer a su súbdito durante 47 veces consecutivas, el amo se cansó de perder y le mandó fabricara otro más sencillo, pues dijo más o menos así:

-¡Sultán!, el juego que has elaborado es inútil y aburrido. Carece de belleza estética, esas piezas son horribles, me fastidia. Inventa otro juego, uno en el que yo sea el ganador siempre - de esta forma, Sultán inventó otro juego, uno más sencillo con reglas que seguir. Estaba compuesto por dos enormes dados. Quien obtuviera la mayor cantidad de puntos sumados, ganaría. Al amo le tocó un dado rojo, según su voluntad, con seis puntos en cada lateral, mientras que su súbdito tenía uno con tres puntos en cada cara. Luego de ganar 115 veces seguidas el amo se cansó de resultar vencedor y mandó a Sultán a fabricar otro juego más, pues dijo más o menos así:

-¡Sultán! - este juego que inventaste es absurdo, no me divierte resultar vencedor siempre y me aburre que solo pueda jugarse de a dos. Quiero que inventes uno en que puedan jugar muchas personas, uno enorme, donde no tengan que pasar su tiempo sentados, sino que en movimiento para superar obstáculos y niveles, donde jueguen dando lo mejor de sí, un juego que a medida que avances, tengas pruebas más y más complejas, uno en el que el rey solo se divierta observando y manteniendo en regla las leyes del mismo, un juego lleno de pasión, sentires, llantos, donde sobresalgan héroes y caigan débiles, un juego que evoque a una aventura y se aprenda de ella, un juego que sea el más grande de todos los juegos del mundo...

EN EL SUEÑO

- Las puertas del reino estaban abiertas a cualquiera que deseara entrar. Eso sí, cualquiera que entrara debía seguir reglas pero, respetándolas, siempre serías bienvenido en el buen reino de Ohslo -

- ¿Reglas? ¿Como cuáles? – Preguntó Jimmy.

- Pues.. reglas que seguir, oye, ¿aquí en casa no tienes reglas que seguir? – Dijo su abuelo

- Sí claro, pero las reglas de casa son aburridas, ¿cómo son las reglas del reino de Ohslo? – consultó el niño.

- Ah... déjame ver, una regla que se debe seguir es la de la montaña de caramelo -

- ¿Montaña de caramelo? – Curioseó Jimmy un tanto exaltado.

–Sí, caramelo, aunque no cualquier caramelo, es uno extra dulce. Hay eh... chocolate, fresa, maní, frutilla, miel y, de muchos sabores más se viste esa montaña. Claro, tú preguntarás seguramente si el dulce puede comerse, pues algunos, no todos, y esas son las reglas en la montaña de caramelo, hay dulces que no puedes comer. Pero esa es otra historia... El reino de Ohslo era enorme, inmenso realmente. Sorprendían siempre sus bellos paisajes montañosos de colinas verdes, de bosques cristalinos y de playas de aguas de colores -

- Pero, ¿quién era Ohslo? Dijo Jimmy un tanto desorientado -

- ¡Ohslo! Ohslo es ¡el gran rey! – Respondió su abuelo.

- ¡Oh! ¡Qué bien! ¡Un rey! – Exclamó Jimmy con voz potente y prosiguió – ¡adoro a los reyes!

Si, el rey Ohslo era un hombre muy bueno, y en verdad, se parecía a ti.

¿en verdad? Consultó Jimmy

Si, si tú preguntas, sería quizá una aventura ese reino para ti. Pero ya es hora de dormir Jimmy así que cierra los ojos y descansa.

Pero, ¿cuándo terminarás de contarme la historia abuelo?

Cuando la historia termine Jimmy, ahora duerme – dijo su abuelo.

Esa noche en que las estrellas se sellaron en el firmamento Jimmy quedó dormido, sereno y tranquilo. La Luna, sentada en el cielo limpio, vigilaba la casa. Pero algo sucedió, un ruido lo despertó al poco tiempo de conciliar el sueño y pronto saltó de la cama muy asustado. Jimmy James quiso llamar a su abuelo pero una voz que ardió fuera de su casa lo detuvo.

¡Próxima parada el reino de Ohslo! Exclamó la voz. El niño se asomó por la ventana de su habitación que da a la calle, desplazó la cortina y observó. Extrañamente había comenzado a nevar, pero su verdadera sorpresa fue ver un tren muy pequeño y dorado que estaba justo frente a su casa. Miró hacia los lados y nuevamente hacia la cabina. ¡Próxima parada el reino de Ohslo! oyó otra vez. Corrió hacia la habitación de su abuelo, abrió la puerta desesperado escuchando la gran bocina del tren y con mucha adrenalina exclamó a viva voz:

!Abuelo, abuelo despierta por favor! Pero éste no respondía. Abuela abuela por favor, despierten! Decía Jimmy, pero su abuela parecía sumida en el sueño más profundo. Corrió hacia la ventana nuevamente y vio que el tren comenzó a desplazarse, soltó la cortina, tomó una campera que tenía en una silla de álamo en su habitación y volvió a buscar a sus abuelos. ¡Abuela! Gritó desesperadamente, pero ella inmóvil, no respondía. Su abuelo no estaba en la cama y Jimmy pensó. El abuelo está despierto. Mientras lo buscaba por la cocina, la voz del tren, ya más lejos volvió a exclamar a voz ardiente. ¡Próxima parada, el Reino de Ohslo! y ya, sin volver la mirada a sus abuelos, salió de la casa inquieto. Sus ojos perseguían al tren que se alejaba de él rápidamente, así que comenzó a correr detrás de éste.¡Esperen, esperen! Gritaba, pero el tren aceleraba aún más. Fue cuando un hombre que iba a bordo del mismo, exclamó, ¡hay un pasajero que no ha subido! e inmediatamente después, el tren se detuvo. Jimmy llegó algo agitado y el hombre que lo había visto salió en su búsqueda. Niño, ¿a dónde vas? Preguntó. Yo, yo voy al reino de Ohslo señor – dijo Jimmy recuperando el aire. Pues sube – culminó el pasajero del tren muy emocionado y Jimmy subió en él. Se sentó al lado de quién detuviera el tren, y hasta le pagó el pasaje. Jimmy, muy agradecido, guardó el enorme boleto en el bolsillo de su pantalón bordó. El viaje fue extraño, pues los lugares por los que el tren viajaba, jamás habían sido vistos por Jimmy. Montañas nevadas, ríos con agua cristalina, árboles en flor y el cielo aclarando rápidamente. Jimmy observaba el bello manjar que deleitaban sus ojos cuando el tren comenzó a frenar. –Ya estamos llegando. ¡Reino de Ohslo! Exclamó la voz en el tren y el niño dibujó una sonrisa inalcanzable en su rostro que emanaba amor puro y felicidad. Ni bien el tren se detuvo en la estación, Jimmy fue el único que bajó ahí, no obstante, luego de saludar a quien le había permitido llegar al reino de Ohslo, miró al fin la enorme ciudad y se dio cuenta que solo había quedado.

EL EXTRAÑO

Jimmy estaba algo asustado, pero su corazón latía apresuradamente y la felicidad no podía hacer otra cosa que abrazarlo. Caminó unos metros y llegó a la primera esquina. Cruzó la calle y se quedó frente a un lugar que vendía antigüedades y juguetes de toda clase. Había estatuillas de metal, espadas, mesas, jarrones antiguos, rompecabezas y muchos juegos de mesa. Los observaba detalladamente. ¡De pronto!, una carroza al estilo State Coach tirada por cuatro hermosos caballos blancos circulaba por la calle que había visto a Jimmy llegar. El carro vidriado y lujoso de color borra vino, se detuvo casi frente al niño y la puerta se abrió. Bajó de éste un hombre esbelto y muy alto. Vestía un sobretodo negro que llegaba a sus tobillos, un sombrero largo del mismo color. Tenía guantes blancos en sus manos y un bastón. Miró a su frente y expresó:

-Sultán, ¿dónde están las verduras? - y, bajando de la carrosa, respondió su conductor:

- no lo sé señor, deberían estar aquí -.

- Pues claro, pero el caso es que no están - expresó de manera arrogante su amo. -Ve a ver qué sucedió - dijo y Sultán, que vestía una camisa sucia y una campera con parches en los codos, fue en busca de la petición de su jefe.

Mientras tanto, Jimmy solo miraba la carroza y al extraño hombre de negro, quien se percató de que era observado y dio una ojeada rápida al niño. Volvió la vista al frente y miró al pequeño una vez más. Luego entrecerró un ojo y miró hacia un costado. Jimmy lo miraba inmóvil frente a la casa de antigüedades. Inquieto el extraño hombre, volvió su vista hacia el niño nuevamente y, subiendo una de sus cejas, cortó el silencio diciendo:

-¿Tú no eres de aquí verdad? -

-¿Quién?, ¿yo? - respondió Jimmy algo asustado.

- sí, tú, ¿qué haces aquí? ¿Dónde están tus padres? - dijo el hombre.

-Yo no los tengo señor, vivo con mis abuelos - respondió Jimmy.

-¿Eres Nocsbill, Preytoon, Búbuka, Sirmet? - Dijo el millonario.

-¿Qué? - expresó Jimmy sin entender una palabra.

-Que, ¿Qué apellido tienes niñito? - dijo con arrogancia el hombre.

-James señor - respondió Jimmy.

-¿James? - Dijo abriendo sus ojos exaltados de sorpresa, y pensante, murmuró - Jhar, Jamoth, Jardel, no conozco a ningún James. ¿tienes nombre pequeñín?

- Si - respondió el niño. El extraño millonario se quedó mirando al pequeño a la espera de una respuesta. Incómodo, entrecerró sus ojos y expresó:

- ¿y? -

¿Qué sucede? - preguntó el niño.

Tu nombre. Acabo de preguntar tu nombre - dijo altanero el extraño.

- Pero usted preguntó si tenía nombre, no cuál era mi nombre - dijo Jimmy. El millonario elevó una de sus cejas mirando al pequeño y expresó:

- Claro, cuando te pregunté si tenías nombre, era porque quería saber cuál es. Todos tienen nombres. Te imaginas si a todos aquí les preguntase: disculpe usted, ¿tiene nombre?, quedaría como un bobo, ¿no lo crees niñito? -

- Mi nombre es Jimmy señor - dijo el pequeño algo enfadado.

El millonario dio un ligero suspiro. Se miró en la ventanilla de la carroza, abrió su boca mostrando los dientes, tomó su sombrero con su mano izquierda y, colocando el bastón en la axila, estiró su mano derecha en posición de saludo y prosiguió- Bien Jimmy James, mi nombre es William Wood, pero mis amigos me dicen Sir William - Jimmy estiró su mano para saludarle y cuando Sir William lo tomó, entrecerró sus ojos y, compenetrando los del niño, preguntó:

-¿Qué pasó con las verduras, sabes algo de esto?

-No señor, yo acabo de llegar - dijo Jimmy asustado.

Sir William hizo una mueca con su boca y miró a un costado, soltó la mano de Jimmy, miró la suya y vio una ínfima mancha en su guante. Atrasando sus cejas y, haciendo una sonrisa forzosa en señal de desagrado, se quitó el guante y lo tiró.

-¡Señor! - Exclamó Sultán que había vuelto -Las verduras están aquí - dijo parado un metro y medio de distancia de Sir William quien dejó caer el entrecejo y, mirando a su súbdito, preguntó:

- ¿Dónde? -

-Aquí donde estoy yo - respondió Sultán.

William Wood colocó su mano derecha a la altura de sus cejas y con su rostro en señal de incógnita expresó:

-No las veo -

-Tuvieron que achicar la entrada un metro y medio y ahora está aquí donde estoy yo señor - dijo Sultán. Sir William abrió su boca intentando sonreír pero no lo logró. Dio entonces un gigantesco paso y se colocó justo en la entrada a la verdulería.

-¿por qué motivo achicaron la verdulería un metro y medio? - dijo esperando respuesta.

-no lo sé señor - respondió Sultán.

-¿y por qué no preguntaste? - consultó altanero Sir William estirando su brazo derecho y observando sus uñas.

-porque el señor Key no está señor - dijo su empleado. William Wood comprimió sus labios y entrecerró un ojo, a lo que Jimmy soltó una ligera carcajada de la cual el millonario se percibió e hizo que su enfado aumentara.

-hazte a un lado pobre sirviente, yo lo averiguaré - expresó con un tono repulsivo. Pero, cuando iba a dar su primer paso hacia la puerta, volvió su cuerpo al lugar donde estaba parado. Miró a Jimmy como con intención de preguntarle algo y volvió la vista a la verdulería. Luego, dio un ligero suspiro y sin observar al pequeño, le dijo:

-¿quieres acompañarme niño? -

-¿quién yo? - dijo con adrenalina Jimmy. Sir William miró a sus costados y respondió:

- yo no soy un niño, ¿y tú Sultán? -

-no - respondió su súbdito negando con su cabeza.

-no, no eres un niño aunque tengas el cerebro de uno - dijo con sinceridad William Wood y, dirigiéndose a Jimmy nuevamente, con tono irónico prosiguió - tú, ¿ves otro niño aquí? -

-no señor - respondió el pequeño.

-exacto - dijo Sir William señalándolo - entonces sí, te hablo a ti - prosiguió con su boca abierta de lado a lado y, cambiando sus facciones a completamente serio, agregó casi murmurando a gran velocidad - el infante es medio bobo y no entiende, se parece a ti Sultán - e inmediatamente después volcó una nueva sonrisa, esta vez, sonrisa de verdad. Miró al niño otra vez y le invitó nuevamente - ¿quieres venir o no? - y Jimmy, que sabía que no debía confiar en extraños, decidió por el sí, ya que no conocía a nadie allí y quizá Sir William podría conducirlo al gran Rey Ohslo. Ambos entraron en la verdulería mientras que Sultán se quedó aguardando en el carruaje.

El lugar era medianamente chico, había todo tipo de verduras y frutas.

-iremos a comprar zanahorias y acelgas y luego frutas - expresó feliz Sir William llegando al sector de las zanahorias.

-Hola Sr. Wood, ¿cómo está este día? - consultó Nicolás, uno de los encargados del lugar, un tipo gordo de enormes bigotes blancos y desordenados.

- Pues soleado como verás - respondió con arrogancia Sir William. Nicolás solo lo observó con las cejas alzadas sin comprender la respuesta. Jimmy lo miró con igual sorpresa, Sir William murmuraba.

-Linda - dijo con soberbias de fama.

Hola Sr. Wood - expresó la encargada de las verduras.

-Quiero... - dijo y, mirando a Jimmy, pensó - quiero dos zanahorias - culminó - ahora somos dos - detalló sonriéndole al pequeño. Una vez con sus zanahorias en su mano, dio media vuelta y se encontró con el dueño de la verdulería. Cambió de manera tajante la sonrisa por la seriedad y el enojo y, frente al hombre chino, dijo:

- señor Key -

-Señor Wood, que agradable sorpresa, ¿cómo está usted? - respondió el dueño.

-algo extraviado, como verás no encontraba la verdulería y tuve que caminar un metro y medio más para poder entrar - dijo molesto y concluyó: - esto es un cambio en las reglas y las reglas no deben ser cambiadas.

- lo siento señor Wood, lo que sucede es que la economía me ha llevado a esto, todo se encarece y las cuentas se elevan, los impuestos suben y tuve que achicar mi negocio para no perecer - dijo apenado Chain. Sir William miró a Jimmy e inmediatamente después, dijo- ah, que modales los míos, no te presenté a Jimmy, un enano de..- pero al recordar que aún no conocía el lugar de donde venía Jimmy, sir William, sorprendido de sí mismo, miró al niño y prosiguió - ¿de dónde viene el niñito?

- ah, yo vivo en las afueras de una ciudad llamada Edimburgo, eso es - más cuando Jimmy iba a concluir con su respuesta, Sir William elevó su cabeza y con gran arrogancia y altura dijo:

- eso es Inglaterra -

- no -dijo Jimmy - eso es Escocia - culminó. Los tres se miraron. Sir William examinó a Chain y a Jimmy y su vergüenza no se hizo esperar. El silencio molestó tanto a William Wood que miró de reojo al pequeño y entre dientes le dijo: - vamos niño, es hora de irnos - Seguido de eso, hizo una sonrisa, nuevamente sin éxito, pagaron y se marcharon de la verdulería.

Bien Jimmy - dijo malhumorado y murmurando, repetía casi en silencio y en tono burlesco - eso es Escocia - ha sido un gran placer conocerte y espero que te sea muy agradable la bella ciudad de Ohslo, ah, toma tu zanahoria - acotó y, mirando la ciudad, continuó - Ya que es muy acogedora - y, tomando su negro sombrero y colocándolo en su cabeza, concluyó - y espero volver a verte por aquí - nuevamente con una sonrisa sin laurel.

En realidad deseo conocer al Rey Ohslo - Indicó Jimmy con mucho interés. Sir William volvió a mirarlo a los ojos, claro está que el comentario de Jimmy había tomado su interés de tal forma que logró despertarlo y hacerlo pensar. Se acercó a Sultán y hablándole al oído dijo casi en silencio - ¿No es acaso Jimmy James el de la profecía del Reino? - Sultán examinó a su amo con lágrimas en sus ojos. Miró a Jimmy y respondió- Al fin, aparece después de tantos años, al fin comienza a cumplirse el deseo - Sir William miró al pequeño y pensó, quizá sea, debería ser digno de la aventura. Miró su reloj y dijo al fin: - En ese caso, pues... Sube conmigo, yo te llevaré a conocer al gran Rey.

¡En serio! Exclamó Jimmy con una recia voz

Sube, ¿qué esperas? Dijo Sir William y cuando Jimmy por fin subió a la carreta, el millonario exclamó - ¡Sultán, al castillo de Ohslo! Y de esa forma, se marcharon.

EL ORGULLO DE SIR WILLIAM

De camino al Castillo al pequeño le llamó la atención ver una fotografía de un niño adherida en un pequeño soporte de madera que William Wood usaba para sus Meriendas y demás. Miró a Sir William que dejaba su bastón a un costado y no pudo evitar preguntar:

- ¿quién es ese niño? -

- ¿el de la foto? - Ah, venía con la carroza, sinceramente no lo sé.

- pues, se parece a usted- dijo Jimmy.

- que absurdo. No digas tonterías. La foto la conservo porque si la carroza fue hecha así, es puramente por las reglas. Y ¿quien soy yo para romper las reglas que no fueron impuestas por mi?

- Claro, pero no hablo de reglas, digo que se parece a usted -

- Jimmy mírame, ¿acaso ves en mi la lejana cara de un infante? dudo que alguna vez yo halla sido un niño - dijo Sir William. Jimmy le observó extrañado por el comentario pero se sentía bastante contento, ya que la cuidad de Ohslo era enorme y tenía muchos bellos edificios de estilos modernos, había más antiguos, pero casi todos eran del siglo XVIII. Las calles eran doradas y los bancos de las plazas, de madera de pino. Pero mientras sultán los llevaba en la carreta hacia el gran castillo, Sir William tomó la palabra esta vez:

Y dime Jimmy, ¿qué más te trae al reino de Ohslo?

Mi abuelo siempre me cuenta sobre este reino, su historia, el rey, las aventuras, y siempre he querido conocerlo –

¿Siempre? – preguntó Sir William

Sí, siempre – repitió el pequeño.

Eso me suena extraño- reconoció. En ese momento, Sir William quedó sin habla por un instante a causa de un recuerdo de su niñez.

"Y ¿qué dice la profecia?

Pues que habrá un héroe que llegará como llega la imaginación. Este superará las pruebas necesarias para llegar al gran rey"

Pero pronto miró al niño y pensó, es solo un niñito, ¿podrá ser él?. Siguió entonces hablando sin dar importancia a su memoria. -¿Y qué más te ha dicho tu abuelo? -

- Pues, que su rey era bueno con su pueblo y también que es un Reino donde hay reglas que seguir -

- Tu abuelo es un hombre inteligente. Todo se basa por las reglas - dijo el millonario- sin reglas, el mundo sería un caos-

- ¿Cómo son las reglas aquí?-

- Ya lo sabrás- dijo Sir William sonriendo. El viaje seguía su curso por calles repletas de restaurantes y comercios. Pronto cruzaron un puente blanco que atravesaba un gran río y llegaron a la pequeña ciudad de Most. Se detuvieron frente a un banco. Sir William tomó su bastón y dijo:

- Saldré un segundo y luego iremos al restaurante. Allí comeremos algo y en nuestro descanso viajaremos al castillo -

- ¿En nuestro descanso? – se preguntó Jimmy mientras miraba la pequeña ciudad. Había gran cantidad de personas caminando, comprando, hablando y riendo. También grandes casas hermosas y pequeñas chozas lujosas.

Sir William miró a Jimmy y abriendo la puerta de su carro dijo:
– Sultán, volveré en breve –

Mientras tanto, Jimmy estaba sentado dentro del carro mirando por la ventanilla. Sultán bajó para ver si algo le faltaba al pequeño y la conversación terminó por tomarlos a ambos.

–Sir William es un hombre de buen corazón, aunque esa bondad está muy oculta dentro de su ser. Antes era un niño como tú. Su padre trabajaba en la empresa de Roland Mc Greggor. Un día la empresa se fundió. El padre de William Wood sufrió un infarto por ese motivo y sus abuelos se encargaron del pequeño William. Tenía sólo dos años de edad. Pero cuando cumplió diez, su abuelo se marchó a trabajar y nunca volvió. Su abuela murió muy enferma y él fue a dar a un orfanato. Más que nada el joven Wood quería ser millonario para no pasar las necesidades que pasó durante muchos años. Logró hacer convenios con empresas enormes y su dinero comenzó a florecer.

– ¿Pero y su abuelo nunca volvió? – preguntó Jimmy.

– Si, pero cuando Sir William ya era millonario, él reapareció. Le explicó el por qué de su falta, pero William Wood no lo reconoció. Él dice que no tiene padres ni abuelos, ni nunca los tuvo. No recuerda ni quién es– respondió Sultán. El pequeño volvió la vista a Sir William que salía del Banco sin entender lo que sucedía. Mientras tanto, Sultán siguió hablando. – Cuando William Wood compró su primer empresa de té, dejó de lado su recuerdo he hizo del dinero su mejor amigo

– ¿Está diciendo que William Wood No tiene amigos? – dijo Jimmy.

–El único amigo que tiene soy yo, pero aún no se da cuenta - dijo sultán. Pero entonces, Sir William que volvía con su rostro transformado lleno de culpas y extraños resentimientos cortó la conversación y se marcharon del lugar sin mediar palabras. Sir William solo miraba la ciudad. Jimmy en tanto, pensaba la forma de ayudar al millonario, pero nada se le ocurría en ese momento.

Eran las doce del mediodía y Jimmy ya sentía hambre, seguramente Sir William y Sultán también, pero Jimmy recordaba que solo tenía una zanahoria para almorzar y eso le daba más apetito aún. Sir William se dio cuenta del hambre que mantenía a Jimmy inquieto y, mirando por la ventana de la carrosa, dijo al fin – hemos llegado al restaurante - Bajaron los tres e ingresaron al lugar. Era completamente lujoso, con paredes ornamentadas al estilo Art Nouveau. Las mesas eran de madera y sostenían un hermoso espejo. Sir William fue directo a la mesa de reuniones, una mesa rectangular de unos siete metros de larga. Jimmy tomó asiento y el millonario lo hizo frente a él, mientras que Sultán, miró al pequeño y se sentó a su lado. Sir William le miró y, negando con su cabeza, obligó a éste a que se levantara de la mesa, por lo que se corrió un metro del niño, quien observaba todo. Pero el millonario siguió mirándolo, esta vez inclinó su cabeza hacia su izquierda y elevó notoriamente sus cejas, por lo que Sultán volvió a levantarse y se fue a la punta de la mesa, siete metros más allá de su amo y el pequeño Jimmy.

-¿Señor Wood, que agradable sorpresas, qué van a comer? – dijo el mozo que apareció repentinamente con el libro de muestras. Sir William sin siquiera observarle le dijo: -lo de siempre, ¿tú que vas a querer Jimmy?- Preguntó sonriéndole al pequeño.

-pues no sé, creo que deseo una hamburguesa – respondió el niño buscando no incomodar.

-¿El señor va a comer algo?- Preguntó el mozo refiriéndose a Sultán.

Sir William lo miró e invitándole a escribir respondió – Sí – haciendo una sonrisa con sus ojos entrecerrados, - las sobras – culminó colocándose una servilleta en su pecho. Jimmy miró al millonario y una idea se sentó en su cabeza y, sin siquiera examinarla, dijo:

– ¿puedo pedir algo más? –

–Lo que desees niño, el dinero todo lo compra – dijo Sir William mirando su reloj.

– ¿pero si lo pido, usted me lo concederá? – preguntó el pequeño Jimmy. Sir William dio una exagerada carcajada y contestó; -si niño, dime-

–Pero después no puede reclamarme nada – dijo Jimmy sonriente. Sir William entrecerró sus ojos y, tomando un habano y dejándolo en la mesa, dijo: -nada te reprocharé, en serio, pide lo que quieras, mi mansión rebalsa de oro y dinero-

–bien, en ese caso, ¡Sultán! – exclamó el pequeño desde su silla.

–sí, yo también deseo que Sultán busque mi almuerzo, para eso es mi empleado ¿no? – expresó William Wood entre risas. Sultán apareció como una ráfaga, se detuvo frente al niño y esperó indicaciones. Jimmy observó a Sir William, este lo miraba con sus ojos saltones y su sonrisa maléfica esperando que el niño se comportara como él. Pero Jimmy guardaba otras intenciones que disparó diciendo: –Quiero que te sientes a mi lado y almuerces conmigo – Sultán dejó caer una lágrima y su sorpresa fue tan grande que se sentó al lado de su amo. En tanto, éste miró al niño con sorpresa y dijo: – bien, como quieras, pero así jamás llegarás a ser millonario Jimmy – El niño nada respondió y comieron y bebieron tranquilos. Luego del almuerzo que por cierto pagó Sir William con desprecio, fueron a sentarse en un patio bellísimo rodeado de árboles florecidos. Sir William tomó un té de su fábrica de té, el té Wood, que tenía impreso su rostro con su mano derecha señalando hacia el frente. Jimmy se encontraba con Sultán hablando. De pronto, una campana comenzó a sonar dando las 14:00 horas y varios mozos del restaurante salieron hacia una vereda donde había palancas de madera introducidas en el suelo. Los mozos contaron hasta tres y movieron las palancas hacia el sur del baro. La ciudad comenzó a moverse. Jimmy se puso de pie de un salto asustado creyendo que estaba temblando. Vio a todas las personas que estaban en aquella ciudad sin preocuparse por lo que sucedía, incluso Sultán y Sir William no se molestaban por el movimiento de la ciudad. ¿Qué está sucediendo? – dijo asustado Jimmy.

-La ciudad es un enorme buque, es una ciudad móvil que flota en el agua. Cruzaremos el río Ohslo y llegaremos al castillo que está del otro lado – dijo Sultán señalándole a Jimmy el lugar del castillo. El niño observaba cómo la localidad se separaba de la anterior y vio que el agua aparecía alrededor, rodeando los bordes. De esta forma viajaron serenamente.

LAS SIETE PRUEBAS

"Tengo una idea para el Reino de Ohslo abuelo.

Dime William, ¿qué idea tienes?

Caramelos

¿Caramelos?

Sí, caramelos de un sabor con aroma diferente, por ejemplo, un caramelo sabor leche, con aroma a manzana

Es una brillante idea para el Reino William"

Sir William se había quedado dormido. Sultán estaba dibujando un bello paisaje y Jimmy hablando con él. Mientras la ciudad se movía en dirección al norte, donde se encuentra el castillo, Jimmy no pudo con su genio y comenzó con las preguntas:

- ¿Por qué Sir William habla de una profecia? -

- ¿A qué te refieres? - Preguntó Sultán deteniendo su trazo - ¿ Te ha dicho algo? - culminó.

- claro, primero pensó que yo era un héroe y luego que era muy chico para serlo - Dijo Jimmy y, mirando cómo se acercaban más y más al castillo prosiguió - ¿De qué profecía habla? -

Pero antes de que Sultán pudiera responder, la voz de Sir William cortó la conversación, ya sobre la noche. - Estamos por llegar - dijo mirando fríamente a Jimmy.- debemos ir a dormir. - concluyó. Y cada uno se fue a una habitación distinta.

El día acariciaba el bello parque del restaurante. Las aves cantaban sin cesar. El sol lamía el río que había quedado atrás. Jimmy James recién abría sus ojos. La noche había sido hermosa para el descanso. Se estiró en un fuerte bostezo. Se puso de pie y Sir William apareció de repente.

-Niño - dijo echándole un vistazo a su reloj - es hora de desayunar. Vístete rápido que debo contarte las reglas y las pruebas que debes hacer para llegar al gran castillo - culminó y se retiró. ¿Pruebas? Pensó Jimmy. Apareció en el restaurante, tomó asiento y desayunó junto a William Wood. Sultán no estaba con ellos. Jimmy miró hacia todas direcciones, pero no lo encontró. Seguramente estaría en otro lugar desayunando pensó.

-Bien niño - dijo el millonario sonriendo con sus ojos saltones - ahora es cuando debes demostrar si eres digno de conocer al gran rey Ohslo - Prosiguió poniéndose de pie. - ¡Contempla! - exclamó asustando a Jimmy. De repente, Sultán apareció con una mesa móvil que tenía una especie de maqueta del gran castillo y sus alrededores. Sir William se acercó rápidamente a la maqueta y su ojo derecho se entrecerró al ver un desperfecto. Miró a Jimmy de reojo y dijo: Sultán ¿donde estamos Jimmy y yo?

-Dentro del restaurante señor- respondio su súbdito.

¿Estás tomándome el pelo? - renegó William Wood.

-No señor, jamás haría eso- dijo Sultán con sinceridad.

-¿Me has visto la cara de tonto? Claro que sé donde estamos. Yo quiero saber donde están los mini William y Jimmy- dijo el millonario en voz baja.

-Señor, en el restaurante dentro de la maqueta - respondió Sultán. Sir William se sintió avergonzado de no suponer, por obviedad, que los muñecos representativos de su persona y Jimmy estaban en la maqueta, a lo que soltó con cierto grado de enojo un -ya lo sabía- y, para no seguir incómodo, prosiguió con su presentación.

-¡Contempla el gran Castillo de Ohslo!.... y lo demás... ¿Qué esperas? ven hacia la maqueta- dijo William Wood. Jimmy se acercó a la enorme maqueta y la miró escuchando las indicaciones del millonario.

-Esto es el restaurante, aquí estamos nosotros - e inmediatamente Sultán quitó el techo del lugar de comidas. Allí se encontraban Sir William con otra mini maqueta y Jimmy desayunando. William Wood tomó los muñecos y los sacó del restaurante para mostrar el recorrido que harían.

-Así, de aquí, iremos hasta aquí, y allí comienzan las pruebas- Jimmy veía varios salones que ascendían hasta el Castillo. Mientras tanto, Sir William tomó a Jimmy muñeco, e indicando al niño, prosiguió: - entraremos por aquí, y en la primer sala, habrá una prueba. Una vez que la superes, tendrás acceso a la siguiente prueba e iras acercándote al Castillo. ¿Entiendes? - dijo mirando al muñeco del niño. Pero pronto descubrió que algo estaba mal en él y recriminó:

-Sultán, ¿tienes mala la vista? -

-No señor, ¿por qué lo pregunta?-

-Porque Jimmy es de cabello negro, y no usa sombrero, y sus pantalones son bordó, no azules-

Señor, disculpe usted, lo que sucede es que los colores se han agotado y usé lo que quedaba.

Bueno, supongo que su cara si se parece a Jimmy. Bien, basta de tonterías, es hora de la aventura.

EL SABOR DEL CARAMELO

Jimmy había comprendido que para conocer al rey Ohslo debía superar siete pruebas que ascendían al gran castillo. Ese hecho lo ponía en un estado de ansiedad e incertidumbre. Luego de caminar algunos metros, finalmente llegaron al lugar de las pruebas. Sir William estaba frente a la puerta de la primera sala y Sultán había tomado las llaves para entrar en dicha habitación.

–Bien Jimmy, es hora de comenzar con la primera gran prueba – dijo Sir William a modo de discurso. Mientras tanto, Sultán había logrado abrir la puerta y, observando a Jimmy, le invitó a entrar. Sir William siguió su discurso sin percatarse de que en un momento quedó hablando solo. Dirigiendo su mirada a la ciudad y, dando la espalda al castillo, preguntó culminando: – ¿Entendiste Jimmy? – Pero al no tener respuesta, dio media vuelta y al ver que estaba solo entró enfurecido a la habitación. Jimmy se encontraba frente a un pilar que casi daba su altura y, por encima de éste, había una fuente de plata con un caramelo de color rosa sin envoltura dentro. William Wood se colocó detrás del niño y, casi olvidando su enojo le dijo:

–Bien niñito, estás frente a tu primera prueba. Recuerda que cada prueba tiene su regla que debes seguir –. Sultán en tanto, seguía dentro de la habitación. Sir William le observó y lo envió a limpiar el jardín del castillo. Jimmy miraba la habitación, y sabía que algo debía hacer con ese caramelo. Su impaciencia y ansiedad no soportaron más y no pudo evitar preguntar: – ¿Qué debo hacer aquí? –

–Mira y dime ¿qué hay dentro de la bandeja? –

–Un caramelo –. Respondió Jimmy.

–Exacto – Dijo Sir William tomando su sombrero y, quitando una pluma que tenía de un soplido prosiguió – Lo que debes hacer aquí es decir de qué sabor es ese caramelo y la puerta que da a la segunda habitación se abrirá automáticamente – culminó el millonario. Jimmy, observándolo colocarse su sombrero nuevamente, tomó el caramelo y se lo comió. Sir William lo miró atónito y boquiabierto. Pero ya era tarde, Jimmy saboreaba el dulce con mucha alegría y, entre muecas y sonrisas, miró la puerta y dijo: – ¡Chocolate! –. El rostro de Sir William lo decía todo, con sus cejas pesadas, sostenidas por sus pupilas, introdujo su mano izquierda en el bolsillo de su sobretodo y, observando al niño, soltó un – mmmmmm – de insatisfacción. Del bolsillo sacó otro dulce color rojo y lo colocó dentro de la bandeja. Jimmy, terminando su caramelo, dijo:

– Oiga, la puerta no se abrió. ¿Debo hacerlo de nuevo? –.

–Pues claro que debes hacerlo de nuevo, pero antes de enloquecer por un ínfimo dulce, escucha cuál es la regla de esta primer prueba enanito –. Dijo el millonario con un ojo entreabierto y haciendo una tenue mímica prosiguió – el sabor no real del caramelo hará abrir la puerta.

- ammm no entiendo- expresó Jimmy.

–No importa, cállate y mira el dulce – dijo Sir William velozmente – recuerda que cada prueba tiene su respectiva regla que debes seguir – prosiguió enaltecido – Bien, debes decirme de qué sabor es el caramelo – pero cuando Jimmy volvió la vista a la bandeja donde estaba el dulce, Sir William se lanzó exageradamente y la cubrió con sus manos, y en esa posición, reanudó – la regla para que me digas cual es el sabor del caramelo es – y, soltando la bandeja lentamente y mirando al niño que estaba inmóvil, culminó – que no puedes comerlo ni probarlo. Jimmy dejó dilatar sus pupilas y enmudeció observando el nuevo dulce. Sir William miró su reloj, luego al niño de reojo y dijo – tienes cinco minutos para averiguar el sabor del dulce, de lo contrario perderás la prueba y no podrás conocer al rey Ohslo – de esa forma se marchó cerrando la puerta de la entrada a la primer sala donde Jimmy se enfrentaba a su primer desafío. La habitación era algo oscura por la tenue luz que intentaba iluminarla. Las paredes blancas como el algodón, el suelo, de rocas muy bellas y enormes colocadas una al lado de la otra. Jimmy pensaba, la regla que Sir William le había colocado era un tanto compleja y el tiempo corría. Pensó y pensó. Miró a sus lados y mojó sus dedos, tocó el caramelo y cuando lo dirigió a su boca, escuchó la voz ardiente de Sir William que exclamó ¡No!. El niño hizo una leve mueca y cruzó sus brazos. En un momento, apareció Sultán buscando una escoba. Éste lo miró y le dijo, el olfato es buen aliado en estos casos. Jimmy captó inmediatamente el mensaje, tomó el dulce, lo llevó a la altura de su nariz y se animó a olfatearlo. En el primer intento no logró descubrir el aroma, pero en el segundo, recordó a su abuela preparando café cuando él jugaba con su abuelo. Entre tanto, Sir William exclamó -¡diez segundos! –. Le dio una última husmeada olfativa y pudo al fin distinguir el aroma. ¡Café! Exclamó con una invencible sonrisa y la puerta que daba a la segunda habitación se abrió. Jimmy caminó lentamente comiendo el dulce de café. La primera prueba había sido superada.

LA SALA DE MUSICA

"Señor Ohslo, recuerde alguna canción de su niñez y póngala en prueba, tal vez así pueda hacer que su memoria busque su memoria"

Jimmy ya estaba en la segunda habitación. Mascaba el caramelo con una sonrisa de oreja a oreja. Sir William lo miró y se exaltó de inmediato señalándolo.

- ¿Te, te comiste el caramelo de café? -

- Si - dijo Jimmy - aunque tenía sabor frambuesa. No había ninguna regla que dijera que no podía comerlo luego de adivinar su sabor. ¿Hice algo mal? - preguntó-

No....- dijo con serenidad Sir William. - !Sólo que estropeaste la segunda prueba! - exclamó enloqueciendo de repente y alzando sus brazos -¡La regla era, no lo pruebes ni lo comas! ¿Qué haremos ahora?- Preguntó, y como ninguna cosa se le ocurría llamó a Sultán. Mientras tanto, Jimmy que aún no entendía qué sucedía, debió preguntar:

- ¿pero qué sucedió?, yo pasé la primer prueba, ¿verdad?-

- si, pero el caramelo que te di tiene un sabor distinto a su aroma - dijo Sir William alzando sus cejas y, colocando sus manos en su espalda, continuó con soberbia: - uno de mis grandes inventos, pero era necesario sin que supieras, para la segunda prueba, el mismo dulce de la primera, ya que su sabor te confunde - culminó justo cuando había llegado Sultán muy agitado.

- señor, ¿qué sucede? - dijo su sirviente recuperando el aire

- Sultán, tenemos un azucarado inconveniente - dijo Sir William - el niñito se comió el dulce antes de comenzar la segunda prueba. Ambos sabemos que su actuar ha sido un error, aunque demuestra una majestuosa honestidad. Yo me pregunto, ¿qué sucederá ahora?-

-¿usted se comió el dulce?- consultó Sultán exaltado.

-¿Estás sordo?, te dije que fue Jimmy, aún está aquí, ¿no lo ves?- respondió William Wood.

-Si señor, sepa disculparme. Ah... creo que luego de que sucedió eso, apareció la música- dijo Sultán.

-Sultán, excelente idea, ve a buscar los instrumentos - expresó William Wood sonriendo, y cuando su súbdito se marchó, Jimmy consultó:

-¿Sigo en el juego?-

-Por un pelo Jimmy, por un pelo- respondió Sir William haciendo un gesto diminuto con sus dedos.

Pronto apareció Sultán con un enorme carro repleto de instrumentos que fue acomodando a lo largo de la sala, uno más pesado que el otro. Jimmy miraba cada uno, aunque no se animó ni si quiera a acercarse a ellos. Vio dos violines, cinco violonchelos, varias flautas, trompetas, guitarras y muchos, muchos más. Finalmente, Sultán colocó el piano en el centro de la habitación y se sentó a descansar después de un arduo trabajo. Sir William roncaba en un hermoso sillón. Su cabeza estaba apoyada sobre su hombro derecho y su sombrero resbaló y fue a dar al suelo.

Luego de unas horas, un mosco invadió la sala y buscó la nariz de Sir William para reposar. El millonario estaba ya con la cabeza hacia un costado, la boca abierta, y una cortina de baba que llegaba hasta su hombro derecho. Haciendo grandes muecas, el mosco fue a dar dentro de su boca, por lo que Sir William se ahogó. Abrió sus ojos de repente y, sin saber siquiera qué sucedía, se tragó el mosco.

-Mmm tengo un extraño y rasposo nudo en la garganta- dijo. Tomó su sombrero que estaba en el suelo y, mirando la sala con cada instrumento en su lugar, exclamó: -¡Sultán que comience la prueba! - a lo que Sultán despertó de repente y se puso pie casi asustado por el grito.

-¿Donde está el pequeño enanito?- preguntó buscando la voz de Jimmy.

-Aquí estoy- dijo el pequeño al lado de un violín blanco que no tenía soporte de apoyo.

-Oh, ¿viste ese violín Jimmy?- dijo William Wood elevando una de sus cejas.

-Si, se sostiene en el aire. ¿Qué clase de instrumento es?- preguntó extrañado el niño.

-todos son mágicos- dijo el millonario mirando sus ojos y, elevando su brazo derecho, mostrando la habitación, prosiguió: -Bien, la prueba aquí es que debes ser lo suficientemente creativo para idear una canción-

-¿Una canción? Pero yo no sé componer música señor- dijo Jimmy con cara de incógnito.

-Tendrás que hacerlo, sólo así se abrirá la puerta a la próxima habitación- expresó William Wood colocando sus manos en sus bolsillos.

-¿Pero... cómo haré aquello que no sé hacer sin saber cómo hacer para que lo haga?- preguntó Jimmy un poco desorientado.

-Buena pregunta señor- señaló Sultán observando a su amo.

-¿eh?.... murmuró Sir William sin entender.

-Dijo que ¿cómo hará aquello que no sabe hacer sin saber cómo hacer para hacerlo?- Expresó Sultán queriendo hacer entender a Sir William.

- ah... dijo el millonario pensando - cómo hará aquello que.....
murmuró en voz baja, y al ver que Jimmy y sultán lo miraban de
modo extraño, concluyó al fin con arrogancia - pues tendrá que
someterse a su ingenio. Basta ya de hablar. Hemos perdido
demasiado tiempo. Jimmy, ya sabes lo que debes hacer, una canción.
Pero para ello deberás respetar la siguiente regla, y esta es: Que no
puedes tocar ningún instrumento- concluyó el millonario. Jimmy
dejó caer el entrecejo y, sin comprender realmente la prueba, se
quedó mirando el violín flotante mientras Sultán y Sir William, que
aún murmuraba, ¿cómo hará aquello que que?, se marchaban.

Por suerte no le habían dado un cierto tiempo en el cual realizar
esta prueba. Se sentó en el sillón en el que Sir William durmió y
comenzó a pensar. ¿Cómo haré música si no puedo tocar los
instrumentos? Y de igual modo, si pudiese no sabría por donde
empezar, pues no sé tocar ningún instrumento. Jimmy pensaba y
pensaba. Se puso de pie en un momento y se dirigió al piano. Miraba
las teclas con la intención de tocarlas y volvió la vista a un mesa
que estaba junto al sillón. En la misma había un tintero, una pluma
y pentagramas. Se acercó a la mesa y negó con su cabeza, pues,
tampoco sabía escribir música. En un momento, recordó una
canción que su abuelo le había enseñado y se dispuso a cantar:

Tienes los sueños vivos, caminos que seguir. Todos tus desafíos
son puertas para salir.

Pero, en cuanto dijo esa estrofa, la pluma salió del tintero y
comenzó a escribir en el pentagrama. Jimmy miró el hecho muy
extrañado. Se asustó puesto que la pluma se movió sola y de repente
escuchó el violín blanco y el piano haciendo una melodía. Miró
ambos instrumentos y, volviendo la vista a la pluma que se detuvo,
junto con el piano y el violín, prosiguió con la canción:

Aquellos sentimientos, los llantos y emociones, todos esos recuerdos hoy serán parte de ti.

Cantaba Jimmy mientras que la pluma seguía escribiendo y más instrumentos se sumaban a la canción. El pequeño recordó que Sir William le había dicho que eran mágicos y siguió cantando ya con felicidad y pasion

Porqué se sellaron en tu alma, se dibujaron en tu mente. Se fundieron con tu sangre, te hicieron ser más fuerte

El violín se disparó en el aire y comenzó como a bailar con las guitarras. Dos violonchelos se posaron detrás del piano y se movían uno para cada lado al ritmo. Dos timbales se subieron a la mesa donde la pluma escribía y cuatro baquetas comenzaron a darle suaves golpes mientras Jimmy bailaba y cantaba su canción.

Más allá del mar, tú podrás llegar. Aún más allá del tiempo tú serás quien lo logrará. Más allá del tiempo tú y sólo tú podrás llegar.

La puerta que daba a la próxima prueba se abrió y Jimmy siguió cantando. Sir William y Sultán aparecieron abrazados a cantar con él. Las lágrimas de William Wood y Sultán brotaban con cada palabra que solfeaban.

Más allá del mar, tú podrás llegar. Aún más allá del tiempo tú serás quien lo logrará. Más allá del tiempo tú y sólo tú podrás llegar.

Decían, de esta forma la segunda prueba había sido superada.

EL ESPEJO Y EL LABERINTO

"Abuelo, ¿y si alguna vez me pierdo en el laberinto de Ohslo, cómo podré salir?

"Si respetas las reglas, no habrá laberinto en el que quedes atrapado William. Recuerda que solo la luz hará que el camino se ilumine"

La segunda prueba había quedado atrás. Y, mientras Sultán acomodada cada instrumento en su lugar, Sir William y Jimmy llegaban a la tercera habitación,

-¿Alguna vez has visto un laberinto Jimmy?- preguntó Sir William tomando un espejo de mano circular que traía de la habitación anterior para mirar sus blancos dientes.

-Uno. Una vez que fui con mi abuelo a un parque de diversiones- dijo el pequeño.

-Bien niñito, aquí tendrás que demostrar tu agilidad para encontrar el camino adecuado que lleva a la puerta. Como verás, aquí sólo hay una habitación con paredes sin puertas - dijo Sir William mientras Jimmy observaba extrañado a su alrededor ya que efectivamente solo había pared, incluso la puerta por la que entraron, ya no estaba - Pero en realidad hay una puerta que es la entrada al laberinto. - continuó William Wood - Una vez dentro, tendrás una desviación y llegarás a una encrucijada por lo que, tendrás tres posibles pasadizos para llegar a la próxima habitación. Una de las puertas es el paso a la prueba siguiente. Otra te lleva al comienzo, es decir a la primer sala. Y la última, te deja fuera del reino, es decir que no tendrás forma de volver si vas por ahí- dijo William Wood quitando con su lengua una mancha oscura de un diente.

-Entonces, ¿hay tres caminos invisibles y un sólo camino es el verdadero?- preguntó Jimmy desorientado.

-Los caminos no son invisibles, solo deben seguir una regla para que se vean. Cuando ingreses al laberinto verás que los caminos se conectan entre sí. Hay un lugar donde los caminos se enfrentan, se encuentran y luego, uno sólo de ellos es el correcto. El punto aquí es que para hacerlo debes seguir una regla como en las demás pruebas. ¿Sientes que puedes hacerlo?- preguntó de manera arrogante el millonario.

-Creo que si- respondió Jimmy algo dudoso.

-Estupendo, creer es tener la certeza absoluta Jimmy. Muy bien. La regla aquí es que debes usar esto - dijo Sir William entregando al niño el espejo que había utilizado -

-¿Un espejo?, ¿Pero qué debo hacer con él?- consultó el pequeño.

-Debes mirar por el espejo para caminar por el laberinto, si sacas la vista de él, verás que sólo hay paredes y paredes. Esta es una sala ilusoria. Cuando entres verás cuatro paredes, más cuando veas por el espejo, verás la entrada al lanerinto. Solo puedes usar el espejo para poder cruzar todo el laberinto Jimmy. Sé que es una prueba difícil, pero si tú eres el héroe que hemos esperado, de seguro lo lograrás- dijo William Wood saliendo de la habitación y, tropezando con una pequeña roca, concluyó con la voz desequilibrada- !Suerte enanito! -

El laberinto parecía una prueba realmente difícil. Jimmy alzó el espejo a la altura de sus ojos y comenzó a caminar. Pero el girar a la izquerda, le conducía a ver que su cuerpo giraba a la derecha, hecho que lo despistó unos segundos. Había una entrada detrás de el. Jimmy debía ingresar por allí. Quitó la mirada del espejo y se atrevió a cruzar la entrada pero cuando el pequeño se acercó a la misma, se encontró solo con más pared. Desentendido, hizo una mueca de disgusto y miro las paredes, pero al girar la cabeza, el niño notó que el espejo le daba la imagen la entrada nuevamente donde hacía unos segundos atrás, solo había pared. Se atrevió a dar un paso hacia atrás y logró pasar por el arco. Caminó varios metros en reversa. A veces tocaba las paredes del pasillo, otras, tropezaba con alguna roca sobresalida en el suelo. Lo cierto es que luego de dar unos veinte pasos, otro arco apareció a sus espaldas. Esta vez había una luz blanca detrás. Con su corazón acelerado, el niño dio los últimos pasos de este pequeño trayecto para llegar a un viñedo extraño y a la vez hermoso. El cielo azul. El sol hacia el oeste. Viñedos y árboles. Aves cantando y un arroyo de agua que deleitaba los oídos del niño con su suave y dulce sonido. Jimmy miraba por el espejo el hermoso paisaje y se asombraba por la magia del castillo de Ohslo. Pronto dejó de mirar el espejo ya que se encontró en un sitio que ya conocía. Las paredes de rocas y la imagen de William Wood y Sultán aparecieron enseguida. Estaba frente a la primer prueba y no se había dado cuenta de que en algún momento los caminos se conectaron entre sí. Jimmy pensó por un momento que estaba fuera de juego, pero recordó que Sir William le había dicho que, solo en caso de salir del reino, quedaría fuera. Con el espejo en sus manos, el pequeño volvió a entrar en la primer habitación y vio que la puerta a la segunda estaba abierta. Lo mismo sucedió con la sala de música y, en pocos minutos, ya estaba de nuevo en la sala del laberinto. Miró hacia sus lados buscando a William Wood o Sultán, pero estaba solo. Tomó el espejo nuevamente y volvió a ingresar. Poco a poco siguió sus pasos y cuando llegó a la puerta que daba a la luz, giró para ver si encontraba otro camino. Pronto vio dos caminos más y, luego de un largo suspiro, se atrevió a escojer uno. Este camino era más oscuro que el anterior y Jimmy, apenas podía ver por el espejo. En reversa, el niño caminaba muy lentamente. Dio más de cincuenta pasos y se detuvo. Pensaba que no podría encontrar la salida de este sendero con tan poca luz y tuvo una idea. Desde el techo, una grieta con una pequeña línea de luz atravesaba el camino y se posaba en el suelo.

Colocó el espejo debajo del haz e hizo que la luz lo golpeara. De esta manera otro rayo de luz fue dirigido a voluntad hacia su espalda y logró ver cómo, a unos veinte pasos, logró ver una puerta abierta. Caminó en esa dirección ya sin luz y llegó a la misma. Pero, si bien la luz era muy tenue, Jimmy logró ver un cartel en dicha puerta que decía: ¡Próxima sala! -No puede ser tan fácil- dijo en voz alta y sin pensarlo más, cruzó por esa entrada. A pocos pasos, vio una puerta cerrada. Siguió caminando y logró llegar a una habitación muy pequeña.

-¡El enanito volvió! -exclamó Sir William detrás del niño. Jimmy se asustó y dio un salto, pero para su mala suerte, dejó caer el espejo al suelo y este, estalló en mil pedazos. El pequeño miró al millonario con mucho temor y Sir William, acechado por la sorpresa, comprimió su boca y alzó sus cejas sobreactuadamente y, señalando el suelo, gritó desesperado:

-¡Rompiste el espejo!- Jimmy miró al suelo y luego a Sir William. Notó en el millonario una extraña sonrisa defectuosa y, antes de oír la hirviente locura de William Wood, Sultán apareció, miró los trozos del espejo y luego la puerta que daba a la otra prueba, la cual seguía cerrada. Sir William corrió hacia ella. El niño no sabía que estaba nuevamente en la tercer prueba y la puerta a la cuarta habitación estaba con llave. William Wood tomó la puerta con ambas manos e intentó abrirla. Hacía mucha fuerza, piruetas, de vez en cuando, insultaba a la puerta, pero esta no se abría. Y mientras el millonario se ejercitaba a regañadientes, Jimmy hablaba con Sultán:

-Pero no comprendo nada- decía Jimmy.

-La puerta no se abrió sola. La prueba fue superada Jimmy, el laberinto era solo la expresión del mundo en la persepctiva o mirada del espejo y, al lograr encontrar el camino, ya no queda más laberinto- dijo Sultán -Esto significa que el enorme juego está funcionando- culminó con los ojos cristalinos bañados en lágrimas.

-Esa puerta mediocre no se abre Sultán, debemos llamar al cerrajero- expresó William Wood con la voz ya cansada.

-Recuerde que esta puerta no se abría sola señor, y usted me pidió que le puesiera llave- respondió Sultán. Sir William logró erguir su cuerpo nuevamente y salibando exajeradamente exclamó:

-¡Y, mientras yo hacía tanta fuerza y movimientos extraños, por qué no abriste la sucia puerta!-

-Porque usted me pidió que solo la abriera si el niño dejaba el espejo, no si lo rompía- Respondió su sirviente. Sir William miró a Sultán con una ceja más arriba que la otra y le pidió enfurecido que abriera la puerta de una vez. Jimmy, aún con esperanzas de ver al rey Ohslo, cruzó con ellos para llegar a la próxima habitación. Solo le quedaba una duda, saber quién le había ayudado a descifrar el camino.

LA ESCALERA INVERSA

"William, si lo que quieres es tener éxito, debes saber cómo invertir en tu pensamiento para que la escalera te eleve al éxito, siempre usa la mente, piensa y verás que el pensamiento es el conductor de tu vida, siempre sigue primero a tu corazón, lo demás vendrá según lo pienses"

-Si sube no baja y si baja no sube, eso es lo obvio-

-Claro, pero si lo hace bajar, subirá. Deje que elija él señor-

-Claro que debe elegir él. Oh. Hablando del niñito, ya está aquí. Te felicito por haber superado la prueba del laberinto Jimmy, era una prueba tan difícil que me costó un espejo antiguo- El silencio apareció de repente y reinó unos segundos. Pero Jimmy lo cortó diciendo:

-emmm. Gracias, ¿que es lo que haré aquí?-

-Bien. ¿Ves dónde está la puerta?- dijo Sir William señalando hacia el techo.

-si, pero está muy alta- respondió Jimmy.

-exacto- dijo William Wood mirando su reloj - Tu misión aquí es subir por la escalera hacia la puerta- continuó mientras quitaba una pequeña roca de un escalón de la enorme escalera. Jimmy quedó en silencio ya que el millonario nada más dijo y el niño quedó a la espera de la regla, ya que si solo era subir la escalera, la prueba era demasiado sencilla. Sultán estaba mirando la puerta cerrada en el techo y Jimmy, ya con gran impaciencia, expresó:

-¿Cuál es la regla que debo seguir? O¿ha olvidado la regla?- William Wood se asustó al oír esto ya que no podía concebir un mundo sin reglas y, tomando su cabeza con ambas manos, dijo a hirviente voz:

-¡¿Olvidar la regla?! - ¿Acaso crees que en mi memoria no está todo archivado? - si alguien olvida una regla, dicha regla desaparece de su mundo, pero la misma sigue gobernando su vida y, aunque no se de cuenta de ello, ¡la regla jamás lo dejará escapar!- concluyó gritando con sus brazos extendidos de lado a lado. Jimmy se asustó enormemente. Sus ojos se llenaron de jugosas lágrimas y sus labios comenzaron a temblar. Sir William, en tanto, se dio cuenta de su error y, aún con su ego en lo alto, sin mirar a Jimmy, se acercó a Sultán y le preguntó en suave y casi imperceptible voz:

-Sultán, olvidé la regla de esta prueba. Tú debes recordarla, dime cuál es- Sultán hizo fuerza para domar una gran carcajada que estaba a punto de estallar en su interior y dijo:

-Hay que invertir para ganar señor-

Sir William alzó sus cejas de manera exajerada y dió un gran salto. Cayó de pie al suelo y comenzó a dar un extraño discurso, como si estuviese programado para que las palabras de Sultán refrescaran su memoria:

-Invertir para ganar es la clave de todo éxito pues, si bien algunos invierten dinero, otros invierten trabajo, otros su tiempo, otros su sabiduría, hay quienes invierten y no ganan nada, sino que pierden lo que invirtien, dinero, tiempo, trabajo, etc., pero la realidad es que todo nace de un mismo punto, el pensamiento. Si no sabes invertir en tu pensamiento, lo que hagas no tendrá valor ni alcanzará el objetivo deseado. Por ello...- decía Sir William justo en el momento en que su mente le llevó a los rincones de su memoria para encontrar la olvidada regla. Detuvo su discurso un momento y susurró para sí mismo -el pensamiento- Miró a Jimmy que aún estaba a la espera y, cambiando por completo su discurso, volvió su arrogancia a tomarlo por los hombros y sacudió el ambiente expresando:

-La escalera inversa solo trabaja con el pensamiento, la regla aquí es que no puedes usar tus piernas para subir la escalera, sino que debes saber cómo invertir en tu pensamiento para que la escalera te lleve a la puerta -

- Espere un segundo, ¿esta escalera se mueve sola? - pregunto Jimmy inmerso en una enorme duda

Eso deberás averiguarlo tu mismo niño - dijo el millonario mientras se retiraba al lado de Sultán, y saliendo ya de la habitación, exclamó: - ¡No uses las piernas! -

Otra vez Jimmy estaba solo ante una prueba compleja. Miró hacia la puerta que estaba en lo alto y se percató de que, cerca de esta había una pantalla extraña que marcaba el número 50 en color verde. Pensó que serían la cantidad de escalones para llegar a la puerta y se extrañó de que William Wood o Sultán no le hablarán de la pantalla. Miraba el primer escalón de piedra y no sabía qué era lo que debía hacer realmente. Sabiendo que no debía usar las piernas, subió un escalón. No sintió nada extraño. Nada se movió de su lugar. Subió otro escalón más y se quedó allí a la espera de ver qué sucedía. Fue cuando subió la mirada hacia arriba que vio el número 54 en rojo en la pantalla cerca de la puerta. No había subido dos escalones, había bajado cuatro. Inmediatamente bajó los dos escalones que había subido, pero se encontró con que, al mirar a su alrededor, la habitación ya no estaba. Estaba en un escalón. Miró hacia abajo y la escalera se perdía ante su vista. Miró hacia arriba y vio la puerta más alejada aún. Sus ojos se posaron en la pantalla y se asustó cuando vio un número en rojo. Había descendido 50 escalones. El número era 104. Lejos, muy lejos de la puerta comenzó a pensar. Invertir para ganar, invertir para ganar. Esas fueron las palabras que William Wood había utilizado en su discurso antes de que la prueba comenzara. Invertir, ¿En qué? ¿En mi pensamiento? Pensó. La escalera era toda de piedra, por lo que imaginó que esta no podría jamás moverse por si misma, pero recordó que Sir William le había invitado a descubrirlo. Pensó. Imaginó subiendo los escalones y pensó. De pronto una idea vino a su mente y la expresó en voz alta: Quiero subir 104 escalones, de repente, estaba frente a la puerta. No sintió ningún movimiento. Solo apareció la puerta frente a el. La pantalla con el número 1 lo hizo dudar. Pensó y dijo nuevamente: quiero subir un escalón, pero al decir esto, nada ocurrió. La pantalla se mantuvo en el número 1 en color verde pero no ascendió al piso de la puerta. Se animó a poner un solo pie arriba y de pronto, ya estaba nuevamente lejos de la puerta. Está vez, a 157 escalones. Casi no veía la puerta y a penas percibía la pantalla. Se sentó dónde estaba con su mirada triste sin poder comprender qué debía hacer para cruzar el último escalón y llegar al suelo donde estaba la puerta que daba a la siguiente habitación.

"La solución no llega por forzarla, llega justamente por lo contrario. La clave es mantener el objetivo en mente todo el tiempo, si usted logra eso, cualquier porblema podrá solucionarse William"

Extrañamente un recuerdo vino a su mente. No era un recuerdo de su abuelo o abuela, era el recuerdo más extraño. El niño se puso de pie y volvió a concentrarse. Pensó unos segundos y dijo: si sumo 157 escalones para restar solo uno, que es la cima, estaré en.. De pronto y, antes de terminar de hablar, ya estaba en el suelo donde la puerta le esperaba. Había invertido la cima que era un solo dígito, por el resto del camino que era lo que realmente importaba. Su meta no era la puerta, su meta era conocer al Rey Ohslo. Inmediatamente después dijo, quiero conocer al Rey Ohslo y la puerta se abrió. Así pasó a la siguiente habitación, aunque con una extraña sensación de haber dejado parte de su niñez atrás.

EL TE WOOD

-Descubriste la forma de invertir para ganar Jimmy James. Debo decir que estoy sorprendido pues, esa manera de invertir no es conocida en todos los ambientes- expresó Sir William mientras Jimmy llegaba a la quinta habitación.

-Algo extraño me sucedió pues, tuve un recuerdo que no recuerdo haberlo vivido, pero eso me ayudó a pasar la prueba- dijo Jimmy pensativo.

- Extraño como siempre, pero efectivo - dijo sonriente Sir William. Sultán había llegado unos minutos después de la conversación con gran felicidad. William Wood le observó y, antes de que Sultán hablara, le dijo: pero... ¿Qué hora es Sultán? Su sirviente miró su reloj y abrió sus ojos con sorpresa ya que daban las 17 horas exactamente.

Es la hora del Te - dijo y Sir William enloqueció. - ¡Dime que no se nos ha pasado un solo minuto! - Exclamó alzando sus brazos. ¿Qué estás esperando? ¡Ve por el te!

Sultán salió de un salto y fue rápidamente a buscar el te. En tanto, Jimmy miraba la habitación que no tenía nada a su alrededor, ni si quiera una puerta por lo que Jimmy nuevamente, impaciente, preguntó:

¿Qué debo hacer?... Pero, antes de que el niño pudiese concluir con la pregunta, William Wood lanzó un -Ah, noooo... interrumpiendo a Jimmy. - Si no puedes ser paciente no tendrás la posibilidad de llegar a conocer al Rey Ohslo - concluyó. - Antes que nada, debemos respetar la regla del Te. No podemos continuar con las pruebas si no bebemos el te niñito - dijo mirando a Sultán que justo llegaba con una bandeja y los preparativos del te. - Casi nos pasamos de horario, ¿te imaginas lo que sucedería si no cumplíamos con la regla del te? - dijo altanero.

- Pues... no sé - respondió Jimmy extrañado.

- Seríamos incapaces de seguir adelante pues, como todo, la regla del te influye en nuestro camino para conocer al Rey Ohslo - dijo Sir William. Sultán había terminado de acomodar todo y, antes de comenzar a servir consultó a su amo:

-¿Qué sabor de te beberá señor? -

- hoy quiero un te de canela - dijo el millonario colocándose una servilleta en el cuello y, tomando una galleta con mermelada, pregunto:

- Jimmy, ¿qué vas a beber tu? -

El niño pidió exactamente el mismo sabor que William Wood y ambos comenzaron a disfrutar de la merienda. Pero, aunque la merienda era deliciosa, Jimmy no podía con su genio por lo que, más y más ansioso, consulto a Sir William por la prueba que le esperaba. El millonario está vez ignoró al pequeño puesto que encontró un extraño sabor en el te.

- Tendré que visitar un médico - dijo en voz baja. ¡Sultán! - exclamó con voz potente.

- ¿qué sucede señor? - Consultó Sultán.

- Debo tener algún extaño problema en la lengua pues, este te de sabor canela tiene sabor a menta - dijo.

- Imposible señor, mire la etiqueta - dijo sultán mostrando la caja de te.

- Oigan - dijo Jimmy mirando a ambos. Yo también siento sabor a menta en mi te - expresó.

Los ojos de William Wood se abrieron en señal de sorpresa y un pensamiento invadió su mente por lo que, de un salto exagerado se puso de pie, señaló a Jimmy y, con la boca a medio abrir y temblorosa, dijo:

- ¿qué intentas decirme? -

- Pues.... que tal vez es error de fabricación -

Las palabras de Jimmy lanzaron un fuego intimidante a William Wood quien dejó el te a medio terminar y salió corriendo de la habitación. Sultán le siguió a toda prisa y Jimmy, que ya había terminado su te, quedó ahí solo sin saber qué sucedía ni lo que debía hacer en la prueba en la que se encontraba. Unos minutos después, Sir William apareció y con ardiente voz dijo:

- ¡Ven con nosotros niñito! -

Salieron así de la habitación, pasando por la anterior y así hasta llegar a la primera. Caminaron por un sendero que tenía almendros en sus orillas y continuaron hasta llegar a la carroza. Subieron y Sir William grito: - ¡Sultán, hacia la fábrica de Te! -

De ese modo partieron a toda prisa. Jimmy iba algo asustado, pero entendía que Sir William no podía concebir un mundo sin reglas y que, un error de fabricación de su propia fábrica, sería para el algo fastidioso, sin embargo, en el camino Jimmy seguía preguntando por la prueba. Sir William lo callaba a cada instante mientras Sultán iba a toda marcha. Doblaron en una esquina donde había una panificadora y llegaron a la fábrica. En la entrada a la misma había una gigantesca frase que decía: "Te Wood, el sabor en regla"

Jimmy pensó que era demasiado. Que la obsesión de Sir William por las reglas había sobrepasado todos los límites, pero, en silencio siguió al millonario que ya había bajado de la carroza.

- Sultán, ¿dónde se elabora el te de canela? -

- Es en la sección 9 señor - respondió su sirviente.

- Bien. Iremos a ella - dijo William Wood tomando su bastón.

Entraron a la fábrica y lo primero que notó el millonario fue un saco de te en el suelo. Una de sus cejas se elevó y su boca hizo la posición de un suspiro. Se inclinó para levantar el saco pero, al ver que Jimmy observaba todo con susto, pensó en poner las cosas en regla nuevamente.

- Sultán - dijo enderezando su cuerpo nuevamente. - ¿qué haces que no levantas ese saco de te? -

- Perdón señor, pensé que lo estaba por hacer usted - respondió Sultán.

- No... solo quería ver la fábrica desde la perspectiva del enano Jimmy.. dijo con altura Sir William.

Jimmy se inclinó y tomó el saco por su cuenta. Lo elevó a la altura de sus ojos y vio que la etiqueta decía "Canela"

Sir William miró al pequeño y, en un sacudon de enfado, estiró su mano derecha y le arrebató el saco de te. Lo llevó lentamente hacia su nariz y, antes de olfatear la bolsa de te, miró al niño sonriendo. - Debe ser un error de fábrica - dijo en tono burlesco. Jimmy cruzó los brazos enfadado. En tanto Sultán le consultó a su amo:

- ¿Qué aroma tiene señor? -

Sir William olió rápidamente el saco y, efectivamente tenía el aroma a menta.

- ¿Quien está a cargo del sector 9 Sultán? Quiero que lo despidas, hoy de preferencia, es decir, ¡ahora! -

Jimmy dió un salto ante el grito de William Wood. Miró hacia el cielo y pensativo quedó. - Aún no me dice que debo hacer - dijo con tristeza. El millonario se acercó a él mientras Sultán buscaba al responsable del error del sector 9. Sir William pensó que ya era demasiado y, colocándose detrás del pequeño, dijo:

- Antes de qué comencemos con la siguiente prueba debo advertirte que, aún no ha pasado lo más difícil -

Jimmy volteó para mirarlo. Estaba extrañado del comportamiento del millonario. Nada dijo, solo escuchó.

- La prueba que tienes frente a ti se basa en la paciencia. A veces la vida trae conflictos y pruebas complejas. A veces lo que deseas no ocurre, o a veces no ocurre en el tiempo que deseas. A veces ocurre que lo que deseas se da en otra forma, no como lo esperabas y, pon atención a lo que voy a decirte - dijo inclinándose y tomando a Jimmy de los hombros - Cuando las cosas que deseas ocurren, pero no en la manera que esperabas, es cuando más cerca estás de lograr lo que deseas. Cuando solo faltan unos segundos para que ocurra, suele suceder algo que yo llamo apariencia negativa, algo que puede provocar que huyas de tu deseo. Cuando eso suceda, mantenerte firme hará que la apariencia negativa se esfume y alcances tu deseo.

- No quiero que despida a nadie - dijo Jimmy.

- ¿A qué te refieres? -

- Quien sea que haya cometido un error en el te, no lo hizo a propósito, siento tristeza y no quiero que lo despida -

- ¿En verdad no quieres que despida al responsable de producir nadie sabe qué cantidad de te en estado erróneo y haga que mi fábrica quede expuesta? -

- Tal vez esa persona tuvo un problema, tal vez se desconcentró por no tener a sus padres o abuelos, tal vez tuvo un accidente. ¿No irá a ver qué fue lo que hizo para cometer ese error? -

Sultán había vuelto solo y tranquilo.

Sir William sonrió a su sirviente y dijo, -Sultán, a la siguiente prueba -

Jimmy se quedó sin comprender lo sucedido. De regreso a las pruebas, Sir William le expresó:

- Para conocer al Rey Ohslo, el héroe no solo debe realizar grandes proezas, también debe demostrar que su corazón es bondadoso. No existió ningún error en el te, todo fue parte de la prueba pequeño -

Jimmy volvió a sonreír. Llegando ya al sitio de las pruebas, solo hizo una pregunta:

- ¿Cuál era la regla que debía seguir en la prueba del te? - Sir William solo sonrió. Bajaron de la carroza y se dirigieron a la siguiente prueba. Sultán estaba con lágrimas en sus ojos y, más feliz que nunca, caminó junto a su amo.

LA SALA DE ESPERA

La sexta habitación había aparecido. Sir William y Sultán examinaban cada rincón. El millonario fue hacia la puerta que daba a la última habitación y probó el picaporte.

- Esta cerrada - dijo y, dando media vuelta, continuó - en cuanto a la regla de la prueba del te, es obvio que la paciencia debía ser. Más, no aprobaste puesto que varias veces preguntaste por la prueba y la regla. Lo que hiciste bien fue mostrar la nobleza de tu corazón al pedirme no despedir a quien cometiera el error - expresó mirando a Sultán - Y eso fue suficiente para que decidiera darte otra oportunidad por lo que la paciencia será la regla de esta prueba. Esta es la sala de espera, aquí tendrás que ser paciente y esperar a que la puerta se abra. Tienes dos opciones - dijo el millonario. Señaló hacia su derecha y continuó: - si la impaciencia te gana, sales por esa puerta fuera del reino, eso significa que - y, señalando a Sultán, este prosiguió - te irás para siempre de este lugar. Pero, si puedes ser paciente y esperar a que la puerta se abra sola, llegarás a la prueba final - concluyó mirando fijamente a Jimmy. Sin más nada que agregar, Sir William y Sultán salieron dejando a Jimmy nuevamente solo.

La habitación era muy oscura. Jimmy estaba algo intranquilo, pero está vez no puso peros en su deseo. Se sentó en el suelo de la habitación y allí esperó. Pasaron los minutos, luego un par de horas. Se puso de pie, se estiró un poco y fue hacia la puerta. Puso el oído derecho en la misma a ver si oía algo del otro lado. Solo escuchaba el silencio. Alzó un poco su mano derecha hasta la altura del picaporte, pero antes de tocarlo, negó con la cabeza y volvió a sentarse en el suelo.

"Si no tienes nada por hacer William, a veces lo mejor es tomar un descanso pues, pensarás y pensarás y así te agotarás. En cambio, un buen descanso hará que te sientas fuerte, el tiempo pasará volando y cuando despiertes, seguro encontrarás algo para hacer"

Pero, yo quiero hacer algo abuelo

Es muy tarde, y siendo que es tarde, lo mejor que puedes hacer es descansar. Mañana habrá un nuevo día y una nueva aventura te espera, ¿para qué esperar despierto y cansado cuando puedes descansar y aventurarte con fuerzas y energías?

Jimmy pensó y pensó hasta que sus ojos comenzaron a cerrarse. Pronto, el pequeño quedó dormido en profundo sueño.

-¿Cuando volverás abuelo? -

- Cuando vuelva William. ¡Y recuerda, mientras las reglas se respeten, todo saldrá bien! -

Jimmy dormía profundamente. Sir William había llegado junto a Sultán para ver si el niño seguía allí o si había decidido marcharse.

- Duerme como tú Sultán - dijo William Wood en tono burlesco.

- Es tiempo de que despierte señor - expresó Sultán. Más Sir William, en vez de llamar al niño, tuvo una idea maliciosa. Comenzó a hacer extraños ruidos para ver si Jimmy despertaba y se asustaba. Más, el niño roncaba sin cesar.

El millonario comenzó a golpear la puerta, pero Jimmy no emitía ni si quiera un movimiento corporal. Fue cuando levantó una roca del suelo y la tiró contra la puerta de metal que el pobre Jimmy despertó con el corazón latiendo apresuradamente. Asustado y desorientado, el pequeño se levantó de un salto y gritó tan fuerte que Sir William huyó corriendo del susto que se llevó. Sultán comenzó a reír por la situación. Jimmy en tanto, miró a Sultán y dijo:

- ¿qué le sucedió al señor William? -

Sultán que no paraba de reír, dijo como pudo

- quiso asustarte y el susto se lo llevó él -

Sir William volvió serio y observando el techo. Sin mediar palabras, se acercó a la puerta y, antes de abrirla volvió su mirada a Jimmy. Notó en el niño algo que no había sentido antes, una imagen vino a su mente y, antes de decir una grosería o enfrentar al niño por el susto que se llevó, extrañamente dijo;

Has llegado a la prueba final pequeño. Y de esa manera, los tres cruzaron la puerta que Sir William abrió.

EL PRECIPICIO

"¿Cómo será el Reino de Ohslo abuelo?

Pues será enorme. Habrá mucha gente, y restaurantes, juegos divertidos y un gran castillo. Habrá un héroe que será capaz de realizar todas las proezas para encontrar al gran rey. Y... tendremos un perro.

¡Un perro! Si, ¿y cómo lo llamaremos?"

La última prueba había llegado al fin. Jimmy estaba tranquilo, pero Sir William muy inquieto y ansioso. Sultán se encontraba mirando a su amo con mucha preocupación.

- Bien Jimmy - dijo William Wood - Estoy algo ansioso - expresó sacando un pañuelo blanco del bolsillo de su sobretodo. - esto es muy extraño - dijo mientras se secaba el sudor de su frente. Sultán tomó la palabra por Sir William y al fin, dijo cuál era la prueba:

- Jimmy, ante tus ojos hay un precipicio. A tu lado derecho un puente, a tu lado izquierdo, otro puente. Cada puente se moverá una vez que pongas tus pies en él. Si vas al puente de la derecha, este girará a la izquierda, si vas al puente de la izquierda, este girará a la derecha - dijo. En ese instante William Wood miró el precipicio e interrumpió a Sultán:

-El problema aquí es que si subes por un puente, solo se moverá ese puente por lo que, no tendrás manera de conectarte con el otro puente - dijo y, señalando hacia la puerta del otro lado del precipicio, añadió: - frente a la puerta, justo en el centro está el camino que la conecta. Lo que debes hacer aquí es usar tu ingenio para conectar ambos puentes y así poder llegar a la puerta - culminó.

Jimmy comenzó a pensar que no podría hacerlo solo. Necesitaba de alguien en el otro puente para dirigirlo hacia el centro. Por lo que no dudo en consultarle a Sir William

- ¿quién estará conmigo en esta prueba? -

- la pregunta no es quién Jimmy, sino qué - dijo Sir William

- No comprendo, aún no me ha dicho cuál es la regla que debo seguir y, esto no es posible hacerlo solo - expresó el pequeño.

- Bien dicho niño. La regla aquí es que tú pondrás la regla -

Jimmy abrió sus ojos alzando sus cejas. Se quedó unos segundos pensante y dijo:

- ¿Pero cómo debo hacer para poner la regla? -

- Algo ya dijiste recién pequeño. Necesitas ayuda y debes elegir. Sultán o yo. ¿Quién de los dos será el que cruce por el puente para ayudarte? -

Fue cuando Jimmy dispuso una regla que vino a su mente. Pensó y pensó con sus dedos sobre su mentón. - y si decido lo que decida, ¿se hará según lo que decida? - dijo

- Si dices la regla, la regla deberá ser aceptada. Qué dices Jimmy, ¿Sultán o yo? - expresó nuevamente Sir William.

- En ese caso, ¿usted conoce al Rey Ohslo? - preguntó Jimmy.

- ¿Conocerlo? Pues... no... solo se que detrás de esa puerta el reina - respondió el millonario.

- ¿Quiere usted conocer al rey Ohslo? - pregunto el pequeño.

Sultán comenzó a soyozar. Miraba a Jimmy y decía al mismo tiempo - gracias, gracias, gracias -

Sir William, sin dar importancia a lo que le sucedía a su súbdito, miró fijamente a Jimmy y le contestó:

- He querido conocerlo desde hace mucho mucho tiempo Jimmy, pero si quieres ir con Sultán, lo entenderé -

- En ese caso - exclamó el pequeño - ¡la regla de esta prueba es que Sultán y William Wood vayan juntos a conocer al gran Rey! -

Sir William abrió sus ojos y su corazón comenzó a acelerarse. No entendía lo que sucedía. No entendía por qué Jimmy hacía esto.

- ¡Noooooo! - dijo el millonario. No puedo dejar que eso suceda cuando has sido tú quien realizó todas las hazañas para llegar al gran rey. No puedo permitirlo. Ve con Sultán, yo seguiré mi vida con mi soledad Jimmy -

- La regla es que usted y Sultán vayan a conocer al gran rey - dijo Jimmy un tanto enfadado y agregó a modo amenazante, - si no lo hacen, me iré de aquí y ninguno conocerá al rey Ohslo - concluyó.

William Wood miró a Sultán con cariño. Se acercó al viejo sirviente y le dijo:

- las reglas son las reglas, ¿qué dices Sultán? -

- William, yo digo que mientras las reglas se respeten, todo saldrá bien -

Ambos caminaron hacia los laterales. Subieron a los puentes y estos comenzaron a moverse. Sultán lloraba de alegría. Sir William comenzaba a llorar al tiempo que veía como Jimmy James desaparecía sonriéndole a ambos. Cuando los puentes se juntaron, William Wood abrazó a Sultán y así, ambos pasaron la puerta para ver al gran rey.

EL GRAN REY

- Cuando llegué a trabajar a las montañas mineras, solo pensaba en ti. Me dolía mucho haberte dejado pero sabía que con tu abuela estarías bien. Lo que no sabía era que fuera a sufrir un accidente. Fue cuando estábamos dentro de una mina que comenzó a temblar. Salimos corriendo de ahí pero muchos quedamos atrapados. Pasé 27 años en coma William. Nadie pudo reconocerme. Cuando desperté de ese terrible coma, lo primero que hice fue mandar a buscarte mientras me recuperaba. Allí me enteré que habías ido a un orfanato. Cuando pude salir del hospital, fui a buscarte. Aún sin saber de tu verdadero paradero, conocí al doctor Freeman -

William Wood, si lo recuerdo muy bien. Era un niño muy extraño, estaba siempre solo y hablaba solo del reino de Ohslo. Lo traté durante varios años. Poco a poco fue tomando un grado de despersonalización muy extraño y severo. Vive al oeste. Tiene una fábrica de Te.

- Ni bien llegué al pueblo, me dirigí directamente a la fábrica de Te. Cuando el encargado me dijo dónde vivías, fui a buscarte. Me llené de orgullo al ver la enorme y hermosa casa en la que vives. Te vi sentado en el parque y te llamé

- Lo recuerdo -

¿Es el cartero?

No William, soy tu abuelo.

Disculpe señor, yo no tengo abuelos.

Pero por más que dijera lo que dijera, tu no me reconocías. Me fui esa tarde muy triste y con mucha culpa.

Recuerdo que pasaron unas semanas. Me puse esta barba, lentes, cambié por completo mi aspecto y volví a buscarte, pero ya con otra idea.

¡Dios mío! ¡Un hombre lobo!. El circo queda hacia el este señor lobo.

No soy un hombre lobo, solo busco trabajo señor.

¿Trabajo? ¿Sultán, el perro sirviente? ¿Eres tú?

Ah... si, si soy Sultán señor.

Que bueno que llegues Sultán, nadie sigue las reglas aquí. ¿Qué estás esperando? Mira lo sucio que está el jardín. Ve a limpiarlo.

Si señor.

Por alguna razón recordabas la historia que te contaba de pequeño, pero no recordabas a tus abuelos, solo la historia del rey Ohslo.

Recuerdo la obra de teatro que hacía todos los viernes para ver si recordabas algo de nuestro pasado. Pero tú te preocupaba más por los detalles que por la historia que contaba.

Sultán, una pregunta. ¿Por qué el abuelo del pequeño William es el señor Key si este es chino y el niño es escocés? Esta obra carece de lógica científica.

Dejé de hacer la obra porque te hacía daño, más allá de que no reconocieras nada familiar en ella.

¡Pobre pequeño William!

¿Recuerdas cuando me pediste fabircar una carroza?

Sultán, toma nota. Quiero una carroza estilo state coach siglo XIII color borravino. Ah, y quiero que la lleven cuatro caballos blancos y ve que sea cómoda.

Si señor.

Y entre el ruido de las máquinas que la fabricaban, tuve una idea. Saqué de mi cartera una foto tuya de cuando eras pequeño.

¡¿Podría colocar esta foto en el lugar donde irá mi jefe?! ¡Sería importante que no pueda quitarse!

¡Si, la pondré bajo vidrio!

Pero la imagen de tu niñez no devolvía tu memoria.

Sultán, ¿Quién es el niño de la foto?

Ah pues... no lo sé señor. Es una imagen de fábrica.

Quítala de mi carro.

Pero señor, romperíamos las reglas de fabricación.

Tienes razón Sultán las reglas son las reglas.

Jimmy mírame, ¿acaso ves en mi la lejana cara de un infante?

Nada respondía y volví a buscar al doctor Freeman.

Señor Ohslo, su nieto tiene recuerdos inconscientes. Le recomiendo despertar esa memoria. Utilice la sutileza y mantenga la idea del juego y las reglas.

Fue cuando me llamaste y me pediste que fabricara un juego para ti, ¿recuerdas?

-¡Sultán!, me aburre el hecho de ver todos los días la misma e incansable imagen. Soy un hombre de elevación y como tal, exijo que busques la forma de acabar con mi aburrimiento - dijo el amo.

Lo que a Sultán se le ocurrió fue un juego de mesa de 32 piezas que luchaban en un tablero cuadriculado con reglas que seguir. Finalmente, después de intentar vencer a su súbdito durante 47 veces consecutivas, el amo se cansó de perder y le mandó fabricara otro más sencillo, pues dijo más o menos así:

-¡Sultán!, el juego que has elaborado es inútil y aburrido. Carece de belleza estética, esas piezas son horribles, me fastidia. Inventa otro juego, uno en el que yo sea el ganador siempre - de esta forma, Sultán inventó otro juego, uno más sencillo con reglas que seguir. Estaba compuesto por dos enormes dados. Quien obtuviera la mayor cantidad de puntos sumados, ganaría. Al amo le tocó un dado rojo, según su voluntad, con seis puntos en cada lateral, mientras que su súbdito tenía uno con tres puntos en cada cara. Luego de ganar 115 veces seguidas el amo se cansó de resultar vencedor y mandó a Sultán a fabricar otro juego más, pues dijo más o menos así:

-¡Sultán! - este juego que inventaste es absurdo, no me divierte resultar vencedor siempre y me aburre que solo pueda jugarse de a dos. Quiero que inventes uno en que puedan jugar muchas personas, uno enorme, donde no tengan que pasar su tiempo sentados, sino que en movimiento para superar obstáculos y niveles, donde jueguen dando lo mejor de sí, un juego que a medida que avances, tengas pruebas más y más complejas, uno en el que el rey solo se divierta observando y manteniendo en regla las leyes del mismo, un juego lleno de pasión, sentires, llantos, donde sobresalgan héroes y caigan débiles, un juego que evoque a una aventura y se aprenda de ella, un juego que sea el más grande de todos los juegos del mundo.....

Hablé con cada vecino aquí y todos estuvieron de acuerdo en ayudarme. Fue cuando me hablaste del niño Jimmy que comencé a tener esperanzas.

¿No es acaso Jimmy James el de la profecía del Reino?

Y ¿cómo es el nombre del héroe?

Pues... ¿William?

Que tal ¿JJ?

¿Por qué JJ?

Por Juego Justo

Me gusta ese nombre William

De esta manera, creaste el héroe, inventaste cada prueba. De una brillante idea de caramelos de un sabor distinto a su aroma hasta el precipicio en el que, según el doctor Freeman habías caído. Una vez que tu niño olvidado volvió, tu adulto sin niñez desapareció.

Tu eres el gran rey Sultán, o mejor dicho abuelo.

FIN

BIOGRAFÍA DEL AUTOR

Dario Leandro Rey Tuzzi (D.L.R.Tuzzi) nació el 16 de Junio de 1986 en la provincia de Mendoza, Argentina. Desde niño mostró gran interés y talento natural por el arte. Comenzó su carrera con la pintura y el dibujo. Tomó clases en casa de la Cultura Doña Paula del departamento de Maipú, de dónde es oriundo, y expuso en el museo nacional del Vino Emiliano Guiñazú Casa de Fader. Con tan solo 18 años, llegó al décimo lugar de un concurso de pintura con más de 150 artistas por lo que se le otorgó una mención especial. Dedicó parte de su vida al canto, tomando clases con el reconocido maestro Hugo Llorenz, (Crhistopher Tamba) y cantó en escenarios como Rivadavia canta al País y fiestas distritales de la Vendimia, entre otros. Muy avocado al arte, comenzó su carrera con la escritura, escribió poemas, canciones y cuentos y trabajó durante varios años en novelas y cuentos largos, con una vida más solitaria que en compañía, desde joven mostró una cualidad imaginativa muy pasional con la que canaliza sus emociones.

www.ingramcontent.com/pod-product-compliance
Lightning Source LLC
Chambersburg PA
CBHW071242130726
47998CB00003B/1030